INSTITUT DE FRANCE.

ACADÉMIE FRANÇAISE

DISCOURS

PRONONCÉS DANS LA SÉANCE PUBLIQUE

TENUE PAR

L'ACADÉMIE FRANÇAISE

POUR LA RÉCEPTION

DE M. HENRI LAVEDAN

Le jeudi 28 Décembre 1899.

PARIS

TYPOGRAPHIE DE FIRMIN-DIDOT ET Cie

IMPRIMEURS DE L'INSTITUT DE FRANCE, RUE JACOB, 56

M DCCC XCIX

INSTITUT DE FRANCE.

ACADÉMIE FRANÇAISE

DISCOURS

PRONONCÉS DANS LA SÉANCE PUBLIQUE

TENUE PAR

L'ACADÉMIE FRANÇAISE

POUR LA RÉCEPTION

DE M. HENRI LAVEDAN

Le jeudi 28 Décembre 1899.

PARIS

TYPOGRAPHIE DE FIRMIN-DIDOT ET Cie

IMPRIMEURS DE L'INSTITUT DE FRANCE, RUE JACOB, 56

M DCCC XCIX

INSTITUT
1899. — 39

INSTITUT DE FRANCE.

ACADÉMIE FRANÇAISE

M. Henri Lavedan, ayant été élu par l'Académie française à la place vacante par la mort de M. Meilhac, y est venu prendre séance le 28 décembre 1899 et a prononcé le discours suivant :

Messieurs,

C'est un double sentiment, d'humilité parfaite et de très vif orgueil, que j'éprouve au moment de prendre, — en tremblant un peu, — la parole : sentiment d'humilité quand je pense à moi, et d'orgueil quand je songe à vous.

Si vous n'étiez impatients d'entendre sans retard l'éloge du maître charmant qui ne sera pas de sitôt remplacé, j'aurais eu plaisir et grande douceur à vous peindre, de mon mieux, toutes les nuances de ma gratitude, pour le rare honneur que vous m'avez fait en m'accueillant dans votre glorieuse compagnie. Je crois bien connaître d'ailleurs les raisons qui ont pu me valoir votre particulière indulgence.

Je me présentais à vos suffrages précédé d'un nom paternel, familier depuis longtemps à votre estime et auquel vous avez aimé donner, en cette circonstance, un témoignage public de sympathie et de considération. Ensuite, en daignant faire à mon avril cette insigne faveur de l'asseoir parmi vos graves étés, vos illustres automnes et vos magnifiques hivers, non seulement vous avez voulu fournir à ma reconnaissance une plus longue étape, mais vous avez tenu à prouver, avec la plus exquise des courtoisies traditionnelles, que vous n'étiez pas systématiquement réfractaires aux éclats, même excessifs parfois, de la jeunesse ; que les cris de sa gaîté, — d'ailleurs passagère et qui n'a qu'un jour ! — ne causaient ni peur ni jalousie à votre affectueux bon sens et que vous aviez le goût hérité des choses françaises et vivantes du théâtre à ce point qu'il ne vous a pas trop déplu de choisir pour successeur à Meilhac, non pas quelqu'un qui l'égalât, mais quelqu'un dont l'habituelle bonne humeur vous était du moins une garantie certaine du souci qu'il aurait de vous en retracer un portrait cordial, admiratif et fidèle.

Bien qu'il se soit écoulé déjà plus de deux ans depuis que vous l'avez perdu, vous avez toujours, j'en suis bien sûr, présente à l'esprit son image. Vous n'avez pas oublié l'aspect extérieur de l'homme, sa forte taille, le poids de sa lente démarche, la discrétion courte et parfois ecclésiastique de son geste, la prudence de ses propos, la bonne grâce un peu gauche de sa politesse, tout ce qu'il y avait à la fois et par opposition de méfiant, de tranquille et de secrètement narquois sur ce masque engourdi dans je ne sais quelle puissance somnolente, et barré d'une grosse moustache tartare, mais débonnaire, qui n'arrivait pourtant pas à voiler en entier le franc sourire, tout comme la paupière mi-close n'interrompait qu'un instant, et pour la faire mieux valoir, la malice aiguisée du regard.

Vous entendez encore aussi ce petit rire, hésitant et gêné, cette voix timide et grêle qui ne laissait tomber par intervalles le mot et la saillie que comme à regret, avec un ton de modestie touchante et qui semblait demander pardon d'avoir tant de finesse. Vous vous rappelez enfin l'avoir vu passer dans son coupé, par ces rues et ces boulevards qui étaient le théâtre même, le terrain de manœuvres et le champ de bataille de son talent. On l'apercevait, la tête à la portière de la voiture, massif et doux, placide et réfléchi, tel qu'un Bouddha baigné d'indulgence, promenant sur les hommes et les choses de l'heure, au sage petit trot du cheval académique, son éternel coup d'œil inquiet, furtif et captivé.

Tous les Parisiens ne sont pas de Paris. Meilhac offre cette particularité d'être un Parisien né à Paris, le 23 février 1831. Il fit ses études au vieux lycée Louis-le-Grand. Je n'ai pas pu arriver à savoir ce qu'elles furent; aussi, dans le doute, n'hésitai-je pas à vous affirmer qu'elles ont été brillantes. Ensuite, ayant voulu essayer du commerce pour acquérir la certitude de s'en dégoûter, il resta quelques mois employé de librairie, chez un oncle bouquiniste en chambre qui l'avait élevé. Puis il se présente à Polytechnique, où il est majestueusement refusé.

Il entre alors au *Journal pour Rire*. Le rire l'attirait déjà. Il avait vingt ans, lorsque brusquement, sans le prévenir, un petit matin de 1851, le Prince Président créait un anniversaire. Meilhac dut avoir très peur. Il n'aimait pas les révolutions. Tout porte même à croire qu'il fut un peu de temps avant de se remettre d'un aussi foudroyant réveil, et qu'il envisagea l'avenir sous les plus noires couleurs. Il était loin de se douter alors que ce Deux Décembre, c'était le lever de rideau de toute sa carrière, que ce régime qui s'établissait en frappant les trois coups avec une si solide désinvolture, allait lui donner pour toute sa vie le succès, la gloire et la fortune.

De 1852 à 1855, sous le pseudonyme de Thalin, il collabore donc de la plume et du crayon au *Journal pour Rire*. Les articles sont gais, mais sans faire pressentir l'auteur de la *Petite Marquise*, et quant aux dessins, pour être croqués avec assez d'adresse et d'esprit, s'ils suffisaient à nourrir leur homme, ils ne l'auraient pas mené à l'Académie des Beaux-Arts. Mais le théâtre le guettait. Je crois que sa toute première pièce représentée fut un petit vaudeville intitulé : *la Sarabande du Cardinal*, chose inoffensive, en dépit de son titre que notre glorieux fondateur s'étonnerait d'entendre sous ces voûtes. Après cette *Sarabande*, Meilhac ayant résolument jeté Thalin par-dessus bord, donne au Palais-Royal et au Gymnase plusieurs piécettes en un acte, remarquées déjà par cette personne assez difficile, adulée, maudite et bénie, selon les soirs, qu'on appelle « la Critique ». Et c'est aux environs de 1860 qu'il lui arrive le singulier bonheur de faire une rencontre qui devait fixer et fortifier sa vocation théâtrale, celle d'un des premiers et des plus sûrs observateurs dramatiques de ce milieu du siècle, de l'esprit le plus avisé, le plus propre à devenir le complémentaire du sien, M. Ludovic Halévy.

Et cependant, M. Ludovic Halévy semblait de pied en cap, physiquement et moralement, jusque dans l'extrême de ses qualités si précieuses, l'antipode rêvé de Meilhac. Celui-ci, en effet, se montrait tout rond, d'aspect simple et bon enfant; celui-là, mince, élancé, la taille fine, avait le secret de séduire par la circonspection même d'une grâce un peu froide. Meilhac sans façon, mais aussi sans laisser aller, ne prétendait point aux élégances. Halévy, de la bottine au chapeau, préparait déjà la diplomatique et parfaite distinction de son personnage. L'un était des bords de la Seine, l'autre des rives de la Tamise; le premier sans défense, le second très armé, celui-ci se livrant dans le sourire, celui-là retranché derrière son flegme. On connaissait l'amour exclusif et candide de Meilhac pour la rue et ses spectacles et tout le vaudeville amusant du trottoir, en même temps que son insurmontable horreur du monde et de ses pompes ; M. Halévy, au contraire, ne dissimulait pas son goût bien naturel des salons où il avait été de bonne heure accueilli et choyé, comme il le méritait, pour la discrète aisance de ses manières, et les succès personnels de son humour. Tout les séparait. Par conséquent, tout devait les rapprocher; et c'est ainsi que Meilhac et Halévy, se cherchant d'instinct avant même de se découvrir, heureux et reconnaissants de s'être enfin trouvés, non contents d'être déjà Parisiens et Français tous deux, devinrent en plus Siamois. Et cela, pour notre exquise délectation, pendant un peu plus de vingt ans.

C'est ici, Messieurs, que, sans vouloir me l'exagérer, je ne me dissimule pourtant pas la délicatesse des devoirs que j'ai à remplir envers cette étincelante dualité dont l'exemple est peut-être unique dans l'histoire du théâtre. Il m'est impossible, il serait injuste et même ingrat de ne point honorer Halévy, cette illustre et sage moitié de Meilhac, et sans laquelle Meilhac n'eût jamais été lui-même, et cependant, j'ose vous le demander, n'y a-t-il pas quelque incorrection, je ne sais quelle dérogation inopportune aux usages de votre compagnie, à m'étendre, avec toute l'affectueuse et admirative complaisance que je souhaiterais, sur cet *alter ego* du successeur de Labiche? M'est-il permis, et jusque dans quelles mesures, de décerner aujourd'hui à votre confrère, assis à son fauteuil en calme puissance de son talent mûri et pacifié, des éloges par trop anticipés contre lesquels sa présence sereine et pour longtemps encore parmi nous protesterait à bon droit, et dont il n'entend qu'on le gratifie en cette enceinte que dans les temps les plus reculés? Car, et c'est justement ce qui fait, Messieurs, le touchant, le rare, l'exceptionnel de cette cérémonie, c'est que Meilhac n'est pas tout à fait mort, puisque Halévy est bien vivant, c'est qu'en réalité vous vous sentez tous ici dans un état d'esprit moins mélancolique et attristé que celui qui vous est habituel en ces réunions, où, je m'en rends bien compte, il s'en faut quelquefois que le départ d'un vétéran soit compensé à vos yeux par l'arrivée d'une recrue. Mais, en cet instant, quand nous avons la satisfaction de serrer encore la main, pardon... une des mains qui a écrit et signé, depuis le *Menuet de Danaé* jusqu'à la *Roussotte*, tant de délicieuses comédies, comment ne pas nous consoler un peu de Meilhac en Halévy? N'est-ce pas le mot de la fin, le dernier cri de la collaboration que ce prolongement rationnel d'une belle et solide maison, européennement réputée, où le dernier survivant continue à tenir le drapeau de la raison sociale? Il ira donc de soi, et sans que j'aie besoin de le dire, que pour toutes les œuvres délicates, profondes ou bouffonnes, qui ont établi universellement leur commune renommée, Halévy mérite de recevoir, et parmi les plus belles, toutes les fleurs que je m'apprête à jeter à Meilhac, et nous sommes tous, je pense, bien d'accord pour affirmer que son nom demeurera toujours sous-entendu au cours de ces lignes, dans la reconnaissante expression de nos hommages.

Mais voici qu'aussitôt après avoir évoqué le souvenir de cette collaboration, si particulièrement heureuse et féconde, je me sens guetté par l'insidieuse question que la curiosité générale, sympathique et maligne à la fois, a déjà posée bien souvent à tous, comme elle se l'est posée à elle-même, sans trouver encore la réponse capable de la satisfaire. Quelle a été, dans cette œuvre si homogène, la part de chacun? Y en avait-il un pour commander? Un pour obéir? A qui faire honneur de la solide et fondamentale construction du scénario? A qui rapporter les diamants et les perles fines du dialogue ? Y eut-il un masculin et un féminin? Qui était le mari?... C'est qu'une collaboration, en effet, et une collaboration aussi prospère, et aussi « bénie du ciel » que celle-là, ressemble beaucoup, laissez-moi vous le dire, à un ménage, et alors, y a-t-il tant lieu de soulever tous ces indiscrets problèmes dont il est bien présomptueux d'affirmer qu'on donnera la solution juste? A ce jeu de devinettes, prenez-y garde, le plus perspicace court le risque de se tromper grossièrement et d'enfreindre l'équité. Du moment que l'union paraît heureuse,et que les époux sont assortis, importe-t-il de rechercher comment se distribuent les rôles dans la barque, et quel est le rameur, et quel est le pilote? Chacun son tour peut-être, cela dépend de l'heure, du caprice, du vent, des choses, de tout et de rien. L'essentiel, c'est que l'équipage marche à pleines voiles, que les patrons soient joyeux pendant la traversée, et aient à terre beaucoup d'enfants. Meilhac et Halévy n'en ont-ils pas eu des quantités, de toutes sortes : des charmants, des gais, des fous, des enfants terribles quelquefois? Eh bien alors?... Mais l'impitoyable et fureteuse curiosité ne se tient pas pour battue, je le sens, par les excellentes raisons que je lui prodigue. Je l'entends qui veut et exige de moi à ce sujet une réponse à laquelle j'avoue que la circonstance ne me permet pas très aisément de me soustraire; et comme, après tout, j'ai conscience, en parfaite loyauté, de n'avoir rien à dire que je ne pense, et qui ne soit à l'honneur des deux noms associés dans mon affectueuse estime, je vais donc tâcher de m'exécuter.

Voici comment il me semble, à première vue, sans parti pris ni arrière-pensée, que puisse à peu près s'indiquer, s'expliquer à mi-voix, le rôle respectif de chacun dans l'ensemble de la composition. En s'interdisant de rien vouloir préjuger, il n'est pas défendu cependant de hasarder la supposition que le don plus particulièrement créateur était dévolu à Meilhac, présent divin qu'il n'y a pas le moindre mérite personnel à recevoir des cieux, mais auquel l'auteur de *Décoré* n'avait pas cru bête d'ajouter de bonne heure l'estampille de sa fantaisie, l'absolution d'une philosophie à toute épreuve, l'amabilité naturelle du dialogue, le malicieux et souple caprice de ses gaîtés sentimentales. Et, puisque nous parlons de lui, notons aussi tout de suite qu'il était plus spécialement le coupable des complications féminines, le manœuvre des jolis rouages amoureux, des cas de petite conscience, qu'il avait la plume alerte, gamine et féconde, jusqu'à la griserie et l'intempérance. Il peut paraître, après cela, difficile de croire qu'il avait laissé au talent d'Halévy un vaste champ de Mars, et cependant la part de celui-ci, à l'opinion de beaucoup d'esprits renseignés, serait peut-être la plus importante. En effet, l'on peut se persuader aisément, sans manquer de rendre justice à Meilhac, que tout son brio ne lui aurait presque servi de rien, si Halévy n'avait pas été là pour l'employer. Le premier avait plus de cartouches, mais le second avait un meilleur tir. Halévy réglait les coups de Meilhac et marquait ensuite les siens, bien à lui, moins spontanés, mais plus réfléchis. Non, il n'était pas en reste avec son opulent collaborateur. Il lui apportait le sang-froid des armes savantes, la politique du scénario, l'équilibre des situations, l'ordonnance des péripéties désordonnées, la modération de la folie, le tact, la mesure, les traits d'une savoureuse ironie et les sous-entendus d'un comique pincé. Noubliez pas qu'il avait la plus étonnante pénétration des sentiments du public, de ce public de Paris, si spécial, dont il savait à l'avance, au bout de ses longs doigts, sentir battre le pouls capricieux et mutin. De là, chez lui, ce diagnostic du succès, cette sagacité toujours en éveil et un peu inquiète, ce bon sens précis, scrupuleux, cette droiture artistique dont son ami, pendant près d'un quart de siècle, a si largement et si légitimement profité. En somme ils se complétaient l'un l'autre, le prime-sautier et le tacticien, ils s'achevaient, ils se fortifiaient, ils s'emboîtaient. C'était l'adaptation, déconcertante et privilégiée, de deux fantaisies, de deux finesses, de deux visions, de deux esprits, différents et supérieurs, jamais rivaux, toujours alliés. Ils n'avaient pas le mauvais goût de croire qu'ils se donnaient leurs qualités. Non, ils ne faisaient que se les prêter, et ce que le premier avait l'air d'apporter au second, il savait bien qu'il l'avait peut-être lui-même reçu déjà de son ami. On ne reverra pas de sitôt plus merveilleux assemblage de deux disparates, la folie et la sagesse, la prudence et la témérité, la cigale et la fourmi, l'excès et la mise au point, le premier jet et la rature, l'école buissonnière et l'école de guerre. Meilhac improvisait la victoire, Halévy l'organisait. Mais c'était toujours la victoire, et elle est la bienvenue d'où qu'elle vienne, d'un coup de sabre heureux, ou d'un carton de bureau. On ne lui demande pas ses papiers, on l'acclame.

Et puis, après avoir dit tout cela, qu'en sais-je de plus que Montaigne? J'ai pu ou dû me tromper, et il ne serait pas inadmissible que ce fût exactement le contraire. N'arrive-t-il pas que les hommes sont presque toujours l'opposé de ce qu'il paraissent? Ne nous obstinons donc plus à rendre individuellement à Meilhac et à Halévy ce qui est, collectivement, si bien à eux. L'apport de ces Césars ne doit point être soupçonné. Ils se sont tout donné l'un à l'autre, et quand, au bout d'un quart de siècle, ils ont cru devoir célébrer à l'amiable leur divorce d'argent, même après s'être quittés, ils ne s'oublièrent pas. Ils restèrent encore un peu unis, de loin. Ils collaboraient presque, à distance et malgré eux. Par un phénomène touchant et bien naturel, tandis qu'ils continuaient de produire chacun de leur côté, on pouvait, en se donnant la peine d'y regarder avec attention, retrouver tour à tour, dans les œuvres de l'un, la trace des qualités de l'autre. Elles revenaient par habitude, amical et délicieux libre-échange qui suffirait à assurer à leurs œuvres la protection contre l'oubli.

Nature incroyablement douée, travailleur facile et paresseux fécond, Meilhac, en bougonnant, a écrit plus de cent pièces, et traité au théâtre, avec un succès différent mais ininterrompu, les genres les plus opposés. Comédies dramatiques telles que *Frou-Frou* et *Fanny Lear,* comédies de mœurs et d'observation légère, vaudevilles en liberté, opérettes gracieuses ou folles, sans parler d'une série de livrets d'opéras-comiques tels que ceux de *Carmen* et de *Manon*, il a touché à tout de la même main de chanoine parisien, délicate, nonchalante et sûre. Mais, parmi ces genres divers, il en est un, en première ligne, qu'il a pour ainsi dire imaginé, inventé, créé, avec la complicité judicieuse de M. Halévy, genre à part d'une outrancière ironie et d'un pittoresque échevelé, genre inouï de fantaisie exaspérée, profonde et démente à la même minute, genre nouveau, ou du moins étonnamment transformé et renouvelé, procédant à la fois de la parodie, de la comédie, de l'opérette et de la farce, et que l'on peut appeler la très grande opérette, ou, plus exactement, l'opérette-bouffe. C'est par là que Meilhac a conquis sa place, une des premières, et qu'il s'est établi, avec une puissante et joviale originalité, dans l'esprit de son temps. La bouffonnerie intense, violente et charmante aussi, voilà quelle fut tout d'abord, et pour plusieurs années d'éphémère allégresse, la caractéristique de son intarissable belle humeur. Ces débauches d'esprit sans compter, ce rire en éclats, ces cascades de joie irrévérente où les mots partent comme des bouchons, toutes ces dépenses et ces gaspillages, sont l'inévitable poussée, le premier vin, grisant et poivré de son talent. De la *Belle Hélène* aux *Brigands,* c'est-à-dire de 1864 à 1869, le « Meilhac » ne peut pas rester couché, il mousse avec énergie, et casse les bouteilles. *L'Été de la Saint-Martin*, la *Cigale, Décoré*, sont d'autres crus et se gardent mieux. On les tirera plus tard, pour arroser des repas moins copieux et plus fins. Et quant à la *Petite Marquise,* c'est son théâtre de la Comète, un pur flacon de bourgogne qu'il faut boire à lentes et pensives gorgées.

Pour bien saisir la signification particulière de ces œuvres, exhilarantes à la façon d'un gaz, et où se distingue comme la première et une des meilleures manières de Meilhac, il n'est pas inutile de se reporter à l'époque exceptionnelle qui les a engendrées et mises au monde en pouffant de rire. Dès 1859, nos pères avaient été ragaillardis par un genre de manifestation dont ils gardaient encore, — quoique à des intervalles plus rares qu'autrefois, — la salutaire habitude : un retour de troupes victorieuses. Paris avait vu défiler sous une mitraille de roses nos soldats amaigris et la joue brûlée par ce divin soleil d'Italie qui venait de leur donner une fois de plus la patine de la gloire. On se reposait donc sur leurs lauriers. Le présent était lumineux. L'avenir promettait une récolte au moins égale à celle du passé. L'histoire de France nouvelle se présentait parfaitement bien. Les hommes pleins d'ardeur tenaient encore le serment de fidélité, les femmes oubliaient volontiers le leur. On pouvait songer à s'amuser pour longtemps. On s'amusa. Si M. de Talleyrand avait continué de traîner la jambe ici-bas, et qu'il eût pu, même au suprême de sa vieillesse insolente et desséchée, jeter *in extremis* un regard éteint sur cette époque étourdie et charmante du second Empire, c'est sûrement à elle qu'il aurait appliqué, en dernier ressort, sa fameuse parole rectifiée, « que quiconque n'a pas vécu de 1859 à 1867, n'a pas connu le plaisir de vivre ». Ce plaisir, débordant et enfiévré, il éclate, pétille et jaillit dans toutes les opérettes bouffes de Meilhac. Il anime le dialogue et chatouille les mots, décoche la réplique, aiguise la saillie, lance le couplet; c'est lui l'inspirateur, l'agitateur toujours en verve et toujours rebondissant de ces extraordinaires et comiques fantaisies, qui ne sont qu'un perpétuel feu d'artifice d'esprit et de cris de fête. Et comme si ce n'était pas encore assez, ce plaisir, infatigable et enragé jusqu'aux moelles, à qui la parole ne suffit plus, appelle à sa rescousse la musique joyeuse et galante, pour qu'elle fasse chorus avec lui, souffle ses cuivres, batte sa caisse, frappe ses cymbales, agite ses chapeaux-chinois et ses grelots d'or. Bondissant aussitôt du trou du souffleur à la façon d'un diable d'Hoffmann, apparaît, le violon au bout des doigts, une espèce de Paganini de bal d'opéra, aux yeux de braise, au ricanement de sorcier, qui lève son archet magique, et sur un rythme enchanté de velours et de flamme ravit toutes ces marionnettes éperdues dans une boulangère de rires et de baisers. Et sur-le-champ, brunes polkas délurées, blondes valses allemandes, quadrilles pour la jambe en l'air des Mogador, tendres mélodies, rondeaux soupirés, brindisis fougueux, strophes bachiques, évohés triomphants, couplets du Sabre ou lettre de Périchole, voilà que vous vous égrenez, sans interruption ni trêve, emportant sur vos ailes de cristal, au delà des mers, des déserts, jusqu'aux extrémités opposées du monde, le nom de ce charmeur parisien, du démon de génie qui s'appelait Jacques Offenbach.

Pendant dix ans, cette verve de l'auteur comique et cette inspiration enivrée du musicien rivalisèrent entre elles de fantaisie et de trouvailles, pour atteindre en 1867, pendant la durée de l'Exposition, leur *summum* d'hilarité, la dernière expression de leur folie. Le succès, déjà si grand, de ce théâtre, devint alors du délire, une chose dont nos pauvres petites victoires d'aujourd'hui ne peuvent pas donner une idée. Paris, cet été-là, eut une insolation. Dès l'ouverture de la « Fête de la Paix », la vieille capitale de Louis-Philippe, taillée et transformée par Haussmann, embellie de jardins par Alphand, avait attiré et englouti le peuple des étrangers accourus de tous les points du globe, et, sans posséder encore la Babel de fer d'Eiffel, nous avions pourtant déjà la confusion des langues, des costumes et des têtes couronnées. Jamais, le long de nos boulevards, on ne croisa tant de souverains. Le parterre de Talma était dépassé, il se transportait aux Variétés, dont les feuilles de location devenaient l'almanach de Gotha, le Bottin des célébrités et de la gloire. Deux fois l'Empereur vint applaudir la *Grande-Duchesse,* et l'Impératrice aussi, les rois de Bavière, de Portugal et de Suède, le Czar, tous les grands-ducs, Bismarck, M. Thiers, et les voïvodes, les hospodars, et le Taïcoun, et les Kalil-bey, les Ismaïl-pacha... J'en passe, je ne peux pas les citer tous, ces disparus dont la plupart des noms sont aujourd'hui, pour nos cœurs resserrés, d'une si poignante évocation! Mais tout n'était alors qu'insouciance et bonheur. On touchait aux dernières péripéties du Mexique. Il n'était pas question de désarmement. L'Europe fabriquait avec entrain des millions de fusils, dont quelques-uns, atrocement perfectionnés, pourraient tirer, disait-on, jusqu'à sept coups par minute! Plus d'un avertisseur chagrin croyait bien sentir la tempête. On ne voulait rien entendre. On prenait le temps comme il était, et il était vraiment radieux. La foule s'extasiait devant la beauté de sa souveraine et la fière élégance du Prince impérial sur son poney. La princesse Mathilde donnait, avec le ton de l'esprit, l'exemple de la charité, reine d'un salon qui n'a pas cessé depuis de rester ouvert aux manifestations de toute pensée généreuse et traditionnellement française. Chaque soir, à l'Opéra, au Vaudeville, au Gymnase, sur toutes les scènes, les maîtres déjà consacrés de la musique et du théâtre, Gounod, avec *Roméo et Juliette;* Sardou, avec *Nos Bons Villageois;* Dumas fils, avec les *Idées de Mme Aubray*, affirmaient la grâce naturelle, l'esprit et la puissance de notre génie dramatique, et chaque jour apportait à l'immense peuple, composé des oisifs et des riches de tous les peuples, un spectacle, un divertissement, des distractions nouvelles et des jeux. Daumonts emportant des rois et des impératrices dans le vol de neige des crinières de cent-gardes; revues à Longchamp pour le Czar et le roi de Prusse, dont la bonhomie de grand-père plaisait; dîners aux Tuileries, où les jeunes et pimpants officiers de guides s'égayaient, avec une ironie discrète, du gros chancelier de fer sanglé dans son habit blanc; galas à la salle Ventadour avec la Patti; grandes chasses à Conflans; tirés impériaux; conférences de M. de Lesseps acclamé au pavillon de Suez, — le seul isthme qu'on prévît alors! — partout des drapeaux, des oriflammes, des guirlandes de verdure et de fleurs, des mâts enrubannés, des ballons, des illuminations, des cloches, des *Te Deum* après le coup de pistolet du Polonais, des: Vive l'Empereur! Vive le Roi! Vive le Sultan! Vivent les femmes! Vive tout! et les hymnes de vingt nations se répondant avec la plus admirable et la plus rassurante des fraternités!

Vous songez peut-être, Messieurs, que nous voilà bien loin de Meilhac? Nous ne l'avons pas quitté. Il a été si étroitement mêlé, par son théâtre, aux joies publiques de cette époque vertigineuse, qu'il en demeure inséparable et qu'on pense même encore à lui quand on évoque les tristesses qui en ont accablé le fatal et noir lendemain. Oui, malgré soi, l'on ne peut plus se remémorer aujourd'hui les deuils, les chutes, les ruines, les banqueroutes, les naufrages et les morts dans lesquels ont disparu, frappés de coups qu'ils ne méritaient pas toujours, la plupart des acteurs de ce régime du second Empire, sans qu'à la minute même, par une association d'idées involontaire et d'une grande ironie humaine, la petite voix d'argent du Souvenir ne fredonne au fond du cœur quelque ariette de ces jours prospères et sombrés. Par une double action réflexe, le voisinage immédiat des tragédies du soir donne aux comédies du matin je ne sais quel dramatique et navrant aspect, en même temps que ces délicieux rayons d'une aube triomphale adoucissent un peu de leur côté la glorieuse et sanglante horreur du crépuscule. Voilà pourquoi la reprise de ces chefs-d'œuvre de gaîté ne va pas maintenant sans quelque mélancolique et sentimentale amertume. Depuis l'hiver de 1870, il a trop neigé, un peu partout, sur les choses et sur les hommes, aussi bien sur la France que sur les tempes des vieux messieurs à guêtres blanches, pour qui toutes ces *Belle Hélène* et ces *Barbe-Bleue* ne sont plus que l'écho lointain, l'émotion, la douleur, et quelquefois le remords de leur jeunesse.

Vous n'ignorez pas combien chez nous les impressions sont violentes et rapides? Nous vivons chaud, fort et vite. Nos joies jettent de grands feux, bientôt tombés, nos douleurs versent des larmes séchées au premier vent, et puis nous remontons à l'assaut de nos tâches avec une ardeur rajeunie et comme retrempée, bons ouvriers toujours actifs du présent, ne tournant plus la tête vers les tombeaux du passé que par intervalles et juste assez pour ne pas perdre la mémoire. Cette insouciance apparente, ce semblant d'oubli de la veille, cette saine et belle humeur française rejaillissant une heure après la partie, même perdue, c'est le ressort précieux, la qualité maîtresse de notre race! Elle nous a fait maintes fois renaître plus bouillants de nos cendres les plus glacées. Vous ne serez donc pas surpris de retrouver deux ans plus tard, en 1871, Meilhac assisté de son fidèle Halévy, toujours debout sur la brèche de l'esprit, du bon sens et du rire. C'est l'époque de *Tricoche et Cacolet*, du *Réveillon*, du *Roi Candaule*, et de la *Boule* au Palais-Royal ; des *Sonnettes*, de la *Petite Marquise* et de la *Cigale* aux Variétés ; de l'*Été de la Saint-Martin* au Théâtre-Français, série nouvelle et brillante qui va nous montrer sous une autre face le souple et fécond talent de l'aimable dramaturge. Après avoir été le père, un peu débridé, de Ménélas, le parodiste irrévérent des dieux, le mystificateur de l'Olympe, le burlesque et complaisant bouffon des carabiniers d'opérette et des princes de carnaval, il délaisse toute cette cocasserie mythologique pour se donner plus modérément à l'observation des mœurs contemporaines, qui d'ailleurs lui avait valu déjà de retentissants succès. Un peu las, et non sans raison, d'avoir tout raillé dans ces farces épiques et hautes en couleur, il s'applique à devenir un moqueur moins bruyant et plus fin de nos vices familiers et de nos ridicules. Théâtre toujours gai, qui veut plaire et qui plaît, mais sans prétention, de tenue plus littéraire et de portée plus humaine, où Meilhac déploie — et avec quelle ingénieuse multiplicité ! — tous ces dons charmants qui ont fait, Messieurs, pendant plus de trente-cinq ans, votre perpétuelle admiration. Il s'affirme alors un peintre attentif et clairvoyant de modèles animés. L'être vivant succède au fantoche. Le décor change. Plus de pays bleus ! Plus de grands-duchés de féerie ! Nous descendons de la lune sur la terre, mieux, sur l'asphalte. Désormais, ainsi qu'il sera écrit *ne varietur* pendant des siècles sur la première page des pièces imprimées : « La scène se passe à Paris, de nos jours. » Et non seulement à Paris, mais dans ce petit Paris du grand, Paris de cocagne, aux frontières molles et flottantes, qui s'étend du Bois au perron à colonnes des Variétés, en passant par les boulevards et la rue de la Paix, qui n'est pas, je le sais bien, et je n'arrive pas à le déplorer, le Paris exclusif du travail, de l'épargne et de la vertu, mais plutôt celui de l'oisiveté, de la dépense et du plaisir, qui n'est pas le Paris de la France, mais le Paris des Parisiens et surtout des étrangers, qui n'est pas uniquement Paris si l'on veut, qui n'est que la ruche bourdonnante de ses modes, la capitale de sa beauté, l'arrondissement de ses péchés et le quartier favori de sa joie, mais qui est aussi, par bonheur, le pays natal de sa charité, auquel il sera beaucoup pardonné, et sans lequel, en un mot, Paris incomplet, décapité, ne serait plus lui-même. Et dans ce Paris-là, quel sera forcément, nécessairement le personnage, le type envisagé par notre auteur avec un amour choisi, et auquel il réservera tous ses soins et sa prédilection? La femme, — non pas la grande dame trop imposante, la femme française qui est d'un théâtre au-dessus du sien, ni l'étrangère, la cosmopolite de haute allure, trop inquiétante et compliquée, ni encore l'honnête, agréable et droite bourgeoise, mais la femme de ce Paris féminin, gentille marionnette de la vie, poupée à caprices d'un jour et à passions d'une nuit : la petite femme.

Henri Meilhac, Messieurs, a beaucoup aimé la petite femme. Et si je le dis, c'est que je ne vous l'apprends pas et qu'il a bien fait lui-même tout ce qu'il fallait pour que nul n'en ignorât. Loin de voiler ce sentiment, l'excellent homme l'a toujours étalé avec une sérénité ingénue et presque touchante. Il a aimé la petite femme de Paris incroyablement, comme il s'imaginait, dans sa candide et un peu étroite adoration, qu'elle le méritait, et sans qu'il soupçonnât l'ombre d'une minute l'importance, peut-être excessive, qu'il accordait à cette jolie petite bête ravissante et inférieure. Il l'a donc aimée de toutes les manières, avec son esprit, son talent, et le moins possible avec son cœur au fond méfiant et timide, j'ajouterai : presque avec son estime en même temps qu'avec son mépris. Il n'a jamais eu la sottise ou la faiblesse d'en pleurer, il s'est contenté d'en rire et d'en sourire avec la plénitude de tout l'égoïsme affectueux dont il pouvait disposer, ce qui est la forme la plus belle et la plus ronde du véritable amour. Et il l'a aimée encore de cent autres façons entrelacées, en poète, en ami, en frère aîné, en père prodigue, en oncle de répertoire, en tuteur léger, en conseiller d'expérience, avec la curiosité un peu libertine du médecin spécialiste et le sérieux professionnel du savant, et aussi en gourmand et en gourmet, en bon vivant et en malade, en vieillard et en enfant. Il aura été, en un mot, le sous-Dumas des petites sous-baronnes d'Ange, le moraliste de ces inoffensives et délicieuses vibrionnes qui n'ont jamais fait grand mal à qui que ce soit, même pas à elles-mêmes, ou si peu... qu'elles mourront sans se douter de rien, surtout qu'elles n'ont pas vécu. Et cependant elles tournent ! non pas dans la vie réelle qui est leur vie artificielle et fausse, mais dans la vie fictive et imaginaire que leur a soufflée Meilhac et qui se trouve devenir, grâce à ce magicien, la seule vraie et attachante. A supposer que ces mignonnes créatures inutiles soient indispensables, Meilhac nous les peint telles qu'elles devraient être, dans leur relative perfection, en leur faisant croire, et à nous aussi, qu'il les peint telles qu'elles sont. C'est pourquoi ce théâtre, assez limité cependant, exerce sur nous une si aimable séduction, et nous trouve sans résistance à la sympathie qu'il sait nous inspirer par des moyens toujours naturels, et partant toujours sûrs. Ces moyens, Messieurs, il est plus aisé d'en subir le sortilège que de l'expliquer. J'essaierai néanmoins, mais sans appuyer, et en tâchant d'y mettre la plus grande légèreté de touche, car à y insister, j'aurais l'émoi, comme quand on retire le verre d'un pastel pour y porter imprudemment la main, d'écraser sous mes doigts trop lourds, ou de faire envoler la fine poussière d'esprit, de tendresse et de grâce, dont Meilhac a poudré tous les portraits, si joliment flattés, de sa galerie. Ces moyens sont la simplicité de la conception, la clarté du style et l'aisance du dialogue, un don privilégié de goût, de mesure, de drôlerie charmante et de douce cordialité, une émotion intermittente et à fleur de cœur, d'autant plus communicative qu'elle est inattendue, une manière de bonhomie galante et d'indulgence ironique, une observation toujours juste et jamais cruelle ni amère, avec des mots profonds de nature et de vérité sous leur apparence de boutade, enfin un sens inné jusqu'au merveilleux des choses frivoles, élégantes et superficielles de la vie parisienne. Par tout cela il voisine un peu dans le passé avec l'auteur des *Jeux de l'Amour et du Hasard*, et il ne me paraît pas défendu de dire que ce qu'il y a dans le père de la *Petite Marquise* de philosophie enjouée et accommodante, encline aux plaisirs d'ici-bas et toujours prête non seulement à l'excuse, mais à l'absolution plénière des chères faiblesses humaines, n'est qu'un restant des bienveillantes façons de concevoir et de penser du XVIIIe siècle. Une autre particularité de l'art de Meilhac, c'est ce mélange heureux et incessant de la raillerie (je n'ose dire la blague) et de la sensibilité. Quand ses personnages nous font tellement rire que nous sommes tentés de ne plus les prendre au sérieux, un trait de finesse tendre et humaine nous rappelle aussitôt à l'ordre en nous prouvant qu'ils ont un cœur, petit, mais qui bat tout de même ; et réciproquement, quand on se prend à craindre qu'ils ne glissent trop avant sur la pente de l'émotion, une pirouette, imprévue et gamine, les relance dans leur mouvement de pantins capricieux et gentils. Dès qu'une larme pointe chez Meilhac, ce n'est qu'une gouttelette. Elle brille, mais ne coule pas ; larme malicieuse et pétillante, aussi vite séchée au coin de l'œil que la mousse du champagne au fond du verre. Il n'en reste rien après, même pas une paupière rougie, un cil mouillé ! Observez toutes les charmantes ensorceleuses qu'il nous a montrées et qu'il connaissait si bien, vous retrouverez chez elles cette alternance d'étourderie et de bonté facile. Elles ont des sentiments vrais et parfois méritoires, mais par en dessous, le plus souvent cachés, teints comme leurs cheveux et maquillés comme leur visage. Et avec cela, ces adorables créatures sont modérées, presque équilibrées ; elles ont, dans le désordre aussi bien que dans l'honnêteté, une espèce de réserve et de retenue très frappantes et toutes spéciales au théâtre de Meilhac.

Il y a toujours, en effet, jusque dans les meilleures scènes de ses plus fameuses comédies, un instant précis — peut-être ne suis-je pas le seul à en avoir fait la remarque? — où le spectateur captivé a soudain cette mélancolique impression d'un arrêt, d'un inachèvement, comme si ces êtres auxquels l'auteur a insufflé sa pensée n'osaient pas aller jusqu'au bout de leur sincérité, ni jusqu'à l'extrême de leur élan. Ceci, Messieurs, n'est point une critique! Bien au contraire, je loue Meilhac de cette hésitation modeste et émouvante, car j'ai pour ma part constamment éprouvé que l'éphémère tristesse et la fausse déception d'une seconde que me causait cette façon si originale de tourner court, étaient tout ce qu'il y avait de plus pénétrant, d'artistique et de raffiné, puisqu'elles permettaient de supposer, jusqu'à la dernière limite, que des choses supérieures, définitives et au fond un peu sévères, allaient être proférées, et que l'on comprenait bien, dans un éclair de réflexion reconnaissante, que si l'auteur les avait tues et avait paru se dérober, c'était exprès, par le plus indulgent des calculs, pour nous laisser, à nous chétifs, le plaisir, l'illusion de croire que nous devinions et trouvions tout seuls ces magnifiques choses, alors que c'était bel et bien lui-même qui accomplissait ce généreux et délicat tour de force de nous les suggérer sans en dire un mot.

J'aurais voulu, Messieurs, vous parler en détail des plus célèbres pièces de Meilhac, c'est-à-dire de presque toutes. Ce n'est pas ma faute si elles sont trop! J'aurais aimé en feuilleter les brochures, vous en rappeler les traits les plus piquants, les reparties grandioses, les maximes lapidaires, les pensées de toutes sortes, frappées comme de petites médailles d'or à accrocher à un bracelet... Vous m'excuserez si le temps qui nous presse toujours, surtout aux heures les plus agréables de notre vie, ne me le permet pas. Il me coûte aussi de passer sous silence les comédies, encore nombreuses, qu'il a écrites avec divers collaborateurs, et de ne pas vous entretenir de ces opérettes de seconde manière, d'une si entraînante popularité, dont le fringant *Petit Duc* est resté comme le type le plus heureux. Je me console en songeant que vous connaissez mieux que moi toutes ces jolies œuvres, qu'elles sont mêlées aux meilleurs de vos souvenirs, et que vous ne m'avez point attendu pour les admirer.

Tels nous avions retrouvé, en 1871, Meilhac et Halévy, tels nous les suivons pendant dix ans, jusqu'en 1881, où la *Roussotte* est la dernière pièce qui, sur l'affiche des Variétés, mentionne leurs deux noms.

Meilhac, à partir de ce moment, continua de faire campagne, seul ou avec des alliés. A vrai dire, il eût été incapable de ne pas écrire des pièces de théâtre. Il était de ceux qui, une fois possédés de cette fièvre « du démon », comme l'appelle Voltaire, ne peuvent ni ne savent s'arrêter. C'était sa vie, — avec des entr'actes. Elle était à la fois très simple et bien curieuse, sa vie, et elle a souvent fait l'amusement des chroniques. Il la partageait entre le travail et quelques distractions favorites, toujours les mêmes. Vie laborieuse et désœuvrée, aimable et presque provinciale de vieux garçon parisien. Il habitait depuis des années cet appartement de la place de la Madeleine, choisi à dessein, où posté, embusqué au carrefour de la capitale, ayant vue à la fois sur l'église consacrée à la grande pécheresse, la rue Royale et l'entrée des boulevards, il regardait, paisiblement accoudé à son balcon comme un des philosophes du tableau de Couture, mais avec un visage moins froncé, passer les hommes, les femmes, les événements, la musique militaire et les retours de Grand-Prix, les cortèges, les retraites aux flambeaux et les cavalcades de mi-carême, les grands enterrements et les grands mariages, la houle des petites émeutes et des ovations nationales, Boulanger et Nicolas II. Et quand rien du dehors ne l'attirait, que sur le boulevard paisible et normal, bien que joyeux, la circulation de Madeleine-Bastille n'était point entravée, alors c'était chez Meilhac le billard et le whist avec des amis, ou la lecture. Surtout la lecture. Ce silencieux fut un grand liseur. Il aimait mieux lire qu'écrire, et il fallait, m'a dit un de ses intimes, lui arracher les livres des mains. Il s'était composé une importante bibliothèque remplie d'ouvrages rares, habillés de beaux maroquins, et il eut longtemps une édition originale de Molière qu'il avait payée 40000 francs. Le matin d'une première, ce vieux général, qui n'allait jamais au feu qu'avec l'horrible angoisse d'un conscrit, est pris de sa peur habituelle. Sa pièce était détestable, elle allait tomber lourdement, il en était sûr. Il fallait au moins éviter le désastre financier. Sans hésiter, il prend son édition originale et se précipite chez le libraire, qui la lui rachète, séance tenante, à moitié prix. Il va sans dire que le soir même *Ma Camarade,* une de ses plus jolies comédies, écrite en société avec M. Philippe Gille, remportait un éclatant succès.

Dans la suite, il ne fit plus d'acquisitions aussi coûteuses, mais le diable des bouquins n'y perdit rien. Esprit fureteur, jamais rassasié, il dévorait tous les périodiques, toutes les revues, et, sans parler des classiques qu'il connaissait à fond et parcourait souvent, ses auteurs favoris étaient Michelet, Dumas père et Musset. Ainsi, Messieurs, il descendait agréablement le cours de sa vie, entre le rêve d'un scénario, une partie de bridge, et des gais propos, sans oublier la fréquente et printanière apparition de quelqu'une de ces fines et spirituelles comédiennes qu'il aimait voir aller et venir, légères, autour de son bureau, et se pencher sur la page commencée qu'elles empêchaient plus d'une fois de finir. Il en prisait le bavardage et la joie. N'étaient-elles pas pour lui l'incarnation de toutes ces mignonnes filles d'Ève qu'il tirait de sa propre côte depuis trente ans avec une si insouciante prodigalité ? Cette prodigalité l'avait rendu un peu las, mais non plus prudent. Il s'asseyait avec la même témérité à la table meurtrière des restaurants et continuait à prolonger ses soirées dans un de ces musics-halls où, pendant que son regard amusé encourageait d'un trapèze à l'autre le saut à travers l'espace de quelque belle acrobate, son esprit pouvait en même temps imaginer sans fatigue les heureuses conclusions du « trois ». Jusqu'à la fin, Meilhac aima les cirques et les ballets, les gymnastes et les dompteurs. Innocente passion, que des censeurs moroses eurent bien tort, à mon humble avis, de lui reprocher. S'il eut le goût, un peu trop prononcé, des Ambassadeurs, des Mabille, des Jardin de Paris et autres Folies-Bergère, il ne fut pas plus criminel en somme que nos aimables aïeux, qui couraient avec une pareille ardeur aux Tivolis et aux Vaux-

Halls de la foire. Par là Meilhac, d'humeur épicurienne et enjouée, amateur de vieux vins et de jeunes visages, bonne fourchette et mauvais estomac, achève sa ressemblance avec les philosophes badins et charmants du siècle des fermiers généraux.

Cependant sa santé, très atteinte, baissait de jour en jour, et, loin de se soigner, Meilhac désolait ses amis par ses résistances de malade impossible et ses colères d'enfant gâté. Il n'avait pas confiance dans la médecine. Songeait-il à sa disparition prochaine? Il est probable qu'il en chassa toujours la pensée; il n'aimait pas les dénouements tristes. Et puis, s'il faut tout dire, il ne redoutait tant la mort que parce qu'il s'était mis dans cette détresse de n'avoir rien à en espérer. Aussi pourra-t-on regretter tout bas que ce grand homme de théâtre n'ait pas assez compris que le dernier acte doit être le meilleur de la pièce et la bien finir en la grandissant.

La mort, malgré tout indulgente, ne se montra pas à lui soudain avec cette cruauté tragique et brutale qu'elle a pour les forts, elle eut soin de l'engourdir d'abord comme pour une courte sieste, avant de le coucher dans le grand sommeil en plomb de l'éternité. Il s'éteignit à Paris, qu'il ne quittait pour ainsi dire jamais, et le même appartement, Messieurs, où il vécut des années et où il rendit le dernier soupir est occupé aujourd'hui par une modiste. S'il voit cela, Meilhac doit être bien content. Vers les cinq heures de notre Paris, quand, sur la voie sacrée, de la rue de la Paix à la rue Royale, piaffent à la porte des pâtisseries et des magasins de chiffons les chevaux lustrés des équipages, et qu'un peuple de folles, délicieuses, envahit les salons de mode où, sur de hautes tiges de bois, — comme en un parterre à la française planté de rosiers greffés, — scintillent, éclatent et se balancent les chapeaux, les exquis chapeaux, enivrement des yeux, et auxquels il ne manque que le parfum, tandis que toutes, adorables et fébriles, œil de flamme et lèvre gourmande, caquettent et coquettent, délaissent et reprennent, en poussant des cris d'oiseaux, les coiffures convoitées avec l'impatience nerveuse de ne pouvoir fixer leur désir... alors, l'ombre paresseuse et cordiale de Meilhac, ennoblie un peu et rassérénée, quitte le pâle séjour, et ce qui fut l'auteur de la *Vie parisienne* vient se mêler à ces autres petites ombres de vivantes. Il les frôle, et soudain il les reconnaît! Ce sont ses enfants, ses aimables filles... C'est Frou-Frou, qui veut avoir une jolie toque rose avant de mourir; c'est la Petite Marquise, c'est ma Cousine, et Adrienne, et Pepa, et Henriette, et Anita! Elles sont au complet. Leur père attendri les regarde et tout bas les conseille : « Moi, je prendrais celui-ci. » Elles ne l'écoutent pas. Mais il écoute, lui, leurs menus et graves propos, leurs papotages, leurs secrets, il s'égaye de leurs mots malicieux, et quand il en a fait une ample provision, il redescend aux Champs Élysées les raconter à ses amis Labiche et Marivaux. Leurs rires éclatent, et alors, les voyant tous les trois si gais, Molière, qui n'est jamais bien loin, s'approche...

RÉPONSE

DE

M. LE MARQUIS COSTA DE BEAUREGARD

MEMBRE DE L'ACADÉMIE FRANÇAISE

AU DISCOURS

DE

M. HENRI LAVEDAN

Prononcé dans la séance du 28 décembre 1899

MONSIEUR,

Vous êtes trop modeste. « Nos graves étés », « nos illustres automnes », « nos magnifiques hivers » — comme vous le disiez si joliment tout à l'heure — se réjouissent assurément de voisiner avec votre aimable « avril », mais ce n'est pas à titre printanier seulement que vous vous asseyez ici; on y est toujours de saison quand on peut, comme vous, se réclamer à la fois de Marivaux, de Beaumarchais, de Berquin, de Pigault-Lebrun; et j'aurais grand plaisir à dresser votre généalogie, si je ne craignais pour vous ces tracasseries qu'une trop illustre descendance valait naguère à ce pauvre prince d'Aurec.

D'ailleurs, qu'avez-vous besoin d'ancêtres? « Quand on veut de la gloire, — vous nous le disiez, je crois, dans vos *Deux Noblesses*, — quand on veut de la gloire on s'en fait une et l'on ne va pas chercher celle d'un Monsieur qui vivait il y a quatre cents ans. »

Le précepte vous était facile à suivre. Vous l'avez suivi. Vous frôlez les meilleurs... et vous restez vous-même. A vous, bien à vous, ces alternances de joli cynisme et de sentimentalité presque naïve qui font osciller votre œuvre de la langue verte aux gazouillements de la Bibliothèque rose. A vous, cette sincérité aussi absolue que momentanée; ce comique dont on est libre de pleurer ou de rire, cet esprit fébrile, irrévérent, crispé, et ce cœur où sommeillent toutes les mélancolies, toutes les tendresses, toutes les croyances profondes. Vous vous montrez si divisé contre vous-même, votre gaieté sonne parfois si douloureuse, que l'on dirait rencontrer ce marchand de bonheur auquel on demandait le prix d'un sourire et qui répondait... deux larmes!

Nous espérions trouver enfin le mot de l'énigme dans votre discours. Et voilà que vous continuez à jouer au sphinx! Vous nous dites que « les hommes sont presque toujours le contraire de ce qu'ils paraissent ». Ah! Monsieur, vous compliquez ainsi singulièrement ma tâche!

Un de nos plus avisés confrères assure, en effet, que vous êtes toujours le bon petit enfant de Mgr Dupanloup. D'autres vous tiennent pour moins innocent. Certains vont même jusqu'à vous refuser toute candeur. Comment oser, au milieu de cette confusion, me prononcer sur

« l'état d'âme » de celui qui, pour augmenter encore mon embarras, nous donnait à la fois *Catherine* et *le Nouveau Jeu?*

N'était-ce pas dire :

> Je suis oiseau, voyez mes ailes!
> Je suis souris, vivent les rats!

Peut-être même demandiez-vous, en sourdine, que :

> Jupiter confonde les chats!

Les chats, heureusement, Monsieur, ne sont pas rancuniers, et puisque la fortune m'échoit de vous en féliciter aujourd'hui, permettez-moi de vous féliciter aussi du bonheur avec lequel vous avez brûlé les étapes qui vous amenaient ici. Non, vous n'êtes pas de ceux que la vie a pris sévèrement dans leur berceau; rien n'est venu rudoyer vos premières tendresses, froisser vos instincts, contrarier vos désirs. Autour de votre cœur à peine éclos, vous avez rencontré, et jusqu'au superflu, ces affections, ces exemples, ces traditions qui réchauffent et guident l'enfance. Bien douce fut sans doute la vôtre, puisque vous nous en faites sans cesse la confidence attendrie. Et qui sait si, à cette heure, où vous achevez de rendre à vos envieux la tâche trop facile, vous ne regrettez pas, comme vous l'écriviez dans une de vos jolies pages :

« Cette gentille âme que l'on avait à douze ans, avant d'avoir vécu, souffert et cru aimer. »

Espiègle, très remuant, moqueur déjà, vous étiez, en effet, voilà quelque trente ans, la joie de ce petit séminaire que Mgr Dupanloup avait installé, là-bas, sur les bords de la Loire, dans la jolie demeure jadis habitée par Mlle Raucourt. Sans doute, le saint évêque croyait en avoir à jamais banni les diablotins roses ou noirs qui autrefois y fréquentaient. Eh bien, il se trouva que le pire de la bande, blotti sous un rideau, dans quelque recoin d'alcôve peut-être, avait échappé à l'exorcisme. Ah! celui-là, ne le niez pas, vous fut de bonne rencontre. C'est lui qui sema, pour vous, la folle avoine sur les planches bénites où vous jouiez en grec *Philoctète à Lemnos!*

Jouer *Philoctète* en grec, c'était bien un peu « Arche de Noé », comme dirait quelqu'un de votre connaissance, mais on vous le pardonne. Vous n'avez pas persévéré, et chacun tient pour bien suffisante l'amende honorable que vous en avez faite. D'ailleurs, comment ne pas préférer Paris à Lemnos à l'heure où la belle Hélène nous arrivait de Crète, traînant après elle ces rois de la terre, ces dieux de l'Olympe dont vous venez de ressusciter la trop joyeuse farandole.

C'est vrai, on péchait alors par excès de joie.

Le cœur était chaud, trop chaud. Il battait de dix jeunesses à la fois : pour l'amour, pour l'art, pour la gloire, pour la bataille, pour tout ce qui brille ou enivre. On s'enchantait de beaux rêves que l'on traitait sérieusement.

Et puis, l'âme ailée de la nation, si tragiquement arrêtée dans son essor, ne s'est pas retrouvée. Elle semble se traîner toute meurtrie encore. La belle humeur un peu tapageuse, mais si franche, si sonore, d'autrefois manque à la gaieté d'aujourd'hui. Cette gaieté est amère, maladive. Pourquoi?

Parce qu'avec tant d'autres, Monsieur, vous avez connu trop jeune l'envers des traditions françaises. Associé par la vaillance de votre père à nos vibrations, à nos frémissements de l'année douloureuse, enfant vaincu quand nos soldats l'étaient, enfant humilié quand nous pleurions notre impuissance, vous avez été charrié par les remous de la défaite de Paris à Tours, de Tours à Bordeaux. Ramené dans les bagages de l'Assemblée nationale, oublié au collège des Carmes quand éclatait la Commune, vous avez vu de vos yeux d'enfant toutes nos agonies. Elles ont laissé d'ineffaçables rides sur votre âme.

On appartient à une génération comme on appartient à une patrie. Votre génération est marquée au signe de l'incertitude et du désenchantement. Elle ne croit plus ni aux phares, ni aux étoiles. Son état normal est fait de lassitude exaspérée. Elle ricane. Elle pousse le dilettantisme jusqu'à se désintéresser même de l'illusion, en cela plus à plaindre encore que n'était naguère le pauvre poète qui, sur son lit d'hôpital, pour se croire riche, barbouillait avec de l'or liquide la tasse ébréchée où il buvait.

Pour vous aussi, Monsieur, on avait songé à dorer un peu la vie. Il semblait que faire de vous un sous-préfet, un préfet, au besoin un conseiller d'État, fût rêve réalisable. Mais en votre doux pays orléanais, où tout fleurit, sauf la naïveté, les enfants naissent sceptiques.

Votre regard promeneur, qui s'accroche à toutes les lézardes, en découvrait aux murailles qui devaient vous abriter. Vos instincts n'avaient, d'ailleurs, rien de discipliné ni d'administratif. Le pressentiment vous hantait déjà de vos goûts et de vos idées à venir. Déjà vous ébauchiez ce geste un peu profane dont vous deviez habiller, ou plutôt déshabiller, si souvent la vérité.

N'est-ce pas, Monsieur, quoi qu'on prétende, rien n'est moins beau que la vérité toute nue? De là votre désenchantement, d'autant plus explicable que votre rétine est sensibilisée à un degré suraigu. L'image y demeure fixée si nette en ses contours, avec un tel relief de détails et une couleur à ce point lumineuse, que l'on serait tenté de dénier toute invention à vos récits et de croire votre vie toujours intimement mêlée à celle de vos personnages.

Ce conditionnel Vélin, par exemple, dont vous nous contez, dans vos *Petites Fêtes*, les si plaisantes escarmouches avec le capitaine Chandenier du 29e dragons, c'était vous. Comment ne pas vous reconnaître dans « ce garçon d'une vingtaine d'années, à l'œil espiègle et franc, au nez retroussé de Parisien et dont le visage empreint d'un parfait sérieux laissait néanmoins percer une irrévérence profonde? » Certes, Chandenier avait raison de se méfier de Vélin, car Vélin passait dans un petit entresol de la rue des Barres à écrire, il faut le croire, le temps que ses camarades mettaient à étudier leur théorie. La sienne, vous l'avez continuée, Monsieur, était de suivre au petit bonheur la fantaisie qui passait, et ce petit bonheur pour vous ne devait pas tarder beaucoup à devenir grand.

Vous vous enliziez, paraît-il, après votre sortie du régiment, dans des essais de romans historiques, quand le directeur d'un grand journal, charmé de votre brio à mimer les scènes dont vous étiez le témoin tantôt étonné, tantôt réjoui, parfois aussi scandalisé, vous conseilla de raconter tout cela du bout des doigts dans la *Vie parisienne.*

Le conseil était bon. Vous avez toujours eu le goût des sottises dont vous êtes incapable. On vous retrouvait donc bientôt partout où l'on pose, où l'on aime, où l'on s'habille, où l'on joue, où l'on bâille ; chez la demoiselle ou chez le fournisseur à la mode, au prône, à Longchamp, au château, au couvent, voire même au cimetière. On ne saurait jouer à cache-cache avec plus de désinvolture, avoir l'ouïe plus fine ni le coup d'œil moins discret. Furetant partout, notant, du reste sans parti pris, le bien et le mal, vous jetiez ensuite vos petits papiers aux quatre vents, car, chez vous, Monsieur, l'esprit souffle où il veut.

C'était tantôt un conte rose comme *Lydie,* tantôt un persiflage un peu fou comme *Sire*, tantôt encore quelqu'une de ces ravissantes nouvelles que vous avez baptisées *Une Cour, Beaux Dimanches, Leurs Sœurs.* Vous redeveniez délicieusement provincial pour écrire ces jolies choses. Votre verve s'attendrissait. Votre ironie ne faisait plus qu'effleurer. Mais à ces gentillesses se mêlaient des fantaisies moins édifiantes où la vie parisienne ne cherchait même pas à s'excuser de ce qu'elle était et où poupées et pantins parlaient en volapük.

Vos préférences vous ramenaient sans cesse à leur bouillon de culture. Vous aviez la nostalgie de ces vibrions, la passion de leur histoire naturelle. Vous auscultiez *Leurs Cœurs*, vous étudiiez *Leur Beau Physique.*

Et, comme toujours, vous concluiez en médecin « Tant Pis ». Gavarni n'eût pas autrement rédigé ses consultations.

Une vision triste est, du reste, la vision à la mode. Gens heureux, honnêtes gens feraient aujourd'hui au théâtre ou chez le libraire la figure de gens bien portants dans une clinique. L'excès, la déformation, la laideur, ont seuls droit à une « écriture artiste », si je ne me trompe, c'est ainsi qu'il faut dire, et le plus grand succès est pour l'écrivain qui sait nous donner les meilleures raisons de nous mépriser nous-mêmes.

Vous nous les prodiguiez de si vaillante façon dans tous les journaux de Paris, Monsieur, qu'il vous devenait bientôt impossible de vous cacher plus longtemps derrière ce pauvre Manchecourt, dont, vous aviez, sans vergogne, emprunté la signature.

Le plus avisé, je devrais dire le plus aimable, des directeurs, vous découvrit donc aisément un soir que vous flâniez aux Variétés, et vous demanda, sans plus de façons que s'il vous avait demandé la bourse ou la vie, d'écrire un acte pour la Comédie-Française.

Qui vous connaît sait aussi avec quelle modestie charmante vous vous êtes défendu de l'aubaine ce soir-là. Il ne vous en fallut pas moins capituler. Trois mois après, jour pour jour, vous reveniez rue Richelieu avec le manuscrit espéré.

Son arrivée y faisait événement.

Le succès d'*Une Famille* s'annonçait triomphal... Et voilà que vos amis — vous en comptiez trop peut-être — virent leurs espérances encore dépassées. Au lieu d'une pièce, vous en aviez fait deux. A cela rien d'étonnant; la famille du commandant Chalus est si divisée. Mais le public, incertain de vos préférences entre les deux intrigues que vous lui présentiez avec une maîtrise égale, s'obstina, lui aussi, à ne pas se déclarer.

N'importe, vous aviez ville gagnée.

Vous veniez de trouver votre topographie dramatique, de planter bien d'aplomb sur l'autel les saints les plus délurés de votre observance, ceux dont vous estimiez le péché indispensable à notre perfectionnement.

Le ténor de votre pièce, M. Le Brizard laissait entrevoir en effet le parfait galant homme selon la formule de demain. Esprit affiné, causeur sans préjugés, fat indiscutable, avec une prodigieuse élasticité de cœur, tel vous nous montriez le partenaire de Mme Jauzelle, une « penseuse de Saint-Guy », celle-là, « une Célimène de Charcot ». Vous ne pouviez procéder par une plus heureuse sélection dans ce monde « que mènent, comme disait le prince de Ligne, l'amour-propre et celui qui ne l'est pas ».

Le Brizard aimait hier Mme Jauzelle. — Elle l'ennuie aujourd'hui, — il essaye de rompre :

« Vous sentez bien qu'un pauvre garçon comme moi, vieilli, fanoché... qui se dégrade tous les jours...

— Non, mon ami, si médiocre soit-il, je ne renonce pas à mon présent.

— Voyons, nous n'avons pas fait de bail?...

— C'est vrai, mais vous me devez bien encore un demi-terme.

— Comment, c'est sérieux, vous vous obstinez?

— Que voulez-vous, j'ai la constance de mes bêtises

— Non, je ne veux plus vous revoir, je ne vous reverrai pas...

— Une fois! pour les adieux?...

— Nous ne pouvons cependant pas recommencer Fontainebleau à chaque instant... »

Pourquoi cette rupture?

Parce que Le Brizard rêve de sa belle-mère. Voilà qui est inédit au delà de l'imaginable!

Le Brizard a découvert dans cette nouveauté d'amour un petit goût d'inceste qui corrige singulièrement l'ennui de la vie. Il fait la roue, se plaisante, brocarde sa trouvaille, la claironne enfin avec ces prouesses d'expressions qui, venues on ne sait d'où, n'en sont que d'un modernisme plus achevé.

Vraiment vous ne pouviez, Monsieur, ouvrir votre cours de morale sous des auspices plus alléchants que ceux de Le Brizard et de Mme Jauzelle. Ce premier succès explique, comme le remarquait un de vos amis, la passion que vous avez mise depuis à ne pas vous laisser devancer par plus moraliste que vous.

Mais encore aurait-il fallu compter un peu avec l'essoufflement de qui vous aime et essaie d'emboîter ce pas redoublé. Vous imaginez que chacun a fréquenté chez Nicolet et qu'il est tout simple, pour vous suivre, de mettre habit bas, comme ces braconnières d'amour en corset et en jupon qui, dans *Viveurs,* sautent avec un si bel entrain par-dessus les tables et les préjugés. Sur quel invraisemblable volet avez-vous pu, Monsieur, trier ce joli monde? et le faites-vous sauter ainsi simplement pour qu'il attrape de-ci, de-là, à la volée, des effets comiques ou plastiques, singulièrement aventurés?

Non, je vous soupçonne d'une gageure. Vous aviez sans doute parié de faire triompher, devant une salle émoustillée et ahurie, cette fameuse théorie de Dumas, qu'il n'y a pas de pièces immorales ni indécentes, qu'il n'y a que des pièces mal faites. S'il en était ainsi, vous auriez trop brillamment sauvé votre mise pour qu'on ne vous en veuille pas un peu d'avoir tant de talent.

Le pis, c'est que, comme dit La Fontaine, « tel est pris qui croyait prendre », vous vous étiez laissé prendre au succès de votre paradoxe. Pour ne pas choir, il vous fallait monter, que dis-je, grimper, rivaliser avec l'écureuil de Fouquet.

Vos *Viveurs* tenaient encore l'affiche, que déjà il était question du *Nouveau Jeu*. On annonçait une sorte de *Marche à l'Étoile,* où vous deviez chavirer tous les verres de votre lanterne magique.

En effet, morale, psychologie, cheminent, pendant les quatre actes du *Nouveau Jeu* et à travers les coq-à-l'âne les plus échevelés, passez-moi l'expression trop pittoresque, comme des mouches au plafond, la tête en bas, les jambes en l'air. Ah! c'est bien là une de ces « débauches d'esprit sans compter », dont vous parliez tout à l'heure à propos de je ne sais quelle pièce de Meilhac, « genre inouï de fantaisie exaspérée et démente », disiez-vous. Je vous cite, Monsieur, car je ne saurais en meilleurs termes apprécier une œuvre dont il est aisé du reste de quintessencier l'intérêt. Vos gens traînent sur la scène autant de lits qu'ils peuvent, y tiennent les discours les plus en situation, et se font surprendre par le commissaire, aidé d'un petit chien qui aboie honnêtement à toutes ces joies de l'adultère, auxquelles on le mêle malgré lui...

Si, pourtant, quelqu'une des finesses du *Nouveau Jeu* avait échappé à cette trop rapide analyse, excusez-moi, Monsieur. J'ai hâte de rejoindre ce vieux coureur que l'usure professionnelle réduit à n'être plus qu'un vieux marcheur.

Depuis qu'elle a découvert sur ses affiches que vous étiez de l'Académie française, Mlle Falempin doit être curieuse, de savoir ce qu'on y pense de son truculent sénateur.

Elle le saura, vous aussi, Monsieur, mais souffrez qu'avant de vous le dire je fasse, en passant, une réflexion :

On parle toujours, sans y croire beaucoup à la vérité, de l'embarras des richesses; il faut cependant, avec vous, se rendre à l'évidence. Vous avez trop d'esprit. Il vous gêne jusqu'à vous troubler! Non content de le dépenser, de le prodiguer, devrais-je dire, en fusées, en pluies d'étincelles, il vous plaît encore de l'envoyer parfois se promener en feu follet sur les pires marécages. Depuis cette scandaleuse *Reine d'Espagne* du chevalier de La Touche, si tragiquement sifflée en 1831, on n'a pas gardé le souvenir, à Paris, d'une fantaisie aussi débridée que votre *Vieux Marcheur*.

Vous poursuivez la réhabilitation de cet irréductible survivant. Il n'a trahi, dites-vous, avec votre indulgence accoutumée, que ses cheveux blancs et le sens commun. Mais encore, Monsieur, pour les trahir de cette sorte, aurait-il bien fait de mettre entre nous et lui ce mur, vous savez, ce fameux mur derrière lequel il se passe quelque chose.

L'habileté qu'avait Meilhac à tourner court, à ne pas aller, comme vous le disiez si bien, jusqu'à l'extrême élan, vous charmait tout à l'heure. « L'éphémère tristesse que vous causait cette déception vous semblait tout ce qu'il y a de plus pénétrant, de plus raffiné, de plus artistique. »

Pourquoi donc ne nous avoir pas laissés, nous aussi... sur une déception? Non, le mot trahirait ma pensée, mais, au moins, sur une illusion, si compromise fût-elle?

Vous en coûterait-il beaucoup d'avouer que les ébrouements de Labosse toujours en quête de mots graveleux et de situations... comment dirais-je, inextricables, si vous voulez, ont fini par faire pleurer, chez vous, ce bon petit enfant dont je parlais tout à l'heure. Aidé par le curé des Tourniquets, car la théologie nous envahit au théâtre, vous avez essayé d'exorciser le vieux pécheur. Vous y êtes-vous mal pris, Monsieur? Dans tous les cas, vous n'avez su faire de lui qu'un érotique chrétien. La variété est assez inattendue pour vous donner l'effet comique que vous cherchiez peut-être.

Quoi qu'il en soit, votre zèle à ramener les égarés n'en était pas à son coup d'essai; déjà, voilà trois ou quatre ans, vous aviez eu affaire au prince d'Aurec, et je me demandais, en vous entendant célébrer le tact parfait de Meilhac et la note toujours juste de son ironie, si vous n'aviez pas voulu faire ainsi l'aumône d'une transition facile à celui qui aurait à vous rappeler, après votre grand succès d'aujourd'hui, votre grand succès d'autrefois.

Vous vous attaquez, dans le *Prince d'Aurec,* à cette thèse, que l'on ne peut être et avoir été. Je n'oserais affirmer qu'elle soit neuve, car, sans remonter au déluge, je crois reconnaître celle de votre *Vieux Marcheur;* mais peu importe ce détail à la querelle que vous me permettrez de vous faire.

Voyons, Monsieur, il s'agit de nous entendre. Le prince

d'Aurec ne saurait être à la fois trop moderne et trop féodal. C'est là pourtant ce que vous lui reprochez, l'esprit hors du fourreau, et avec des mots à vous faire nommer député. Si le malheureux se refuse à recommencer tout de suite les croisades ; s'il envoie, ce dont je le blâme, l'épée du connétable, son grand-père, à la ferraille, vous criez haro sur le sacrilège. Si, au contraire, il regimbe à se laisser tondre par de Horn, à se faire traiter d'amateur par Montade, de rallié par Rabagas, vous le proclamez d'une crasse inutilité. Vous allez même jusqu'à le mettre tout à fait hors la loi s'il s'obstine à vouloir entendre chanter le coq sans rougir.

Je me hâte cependant d'ajouter, pour être juste, plus juste peut-être que vous ne l'avez été envers le prince d'Aurec, que si je ne parviens pas à admirer votre pièce au point de vue de la logique, il en est autrement au point de vue littéraire. Votre talent y a pris son essor. On sent une armature sous le brillant de votre dialogue. Vous ne prétendez plus seulement amuser, et votre esprit n'y perd rien, au contraire. Votre satire serait terrible si elle ne portait dans le vide.

La seule moralité qui semble ressortir indéniable de cette pièce si passionnément pensée, qu'elle restera sans doute au répertoire, c'est qu'il y a encore un homme d'esprit pour croire que de jolis mots, que des mots méchants ou que de grands mots changeront rien dans notre pays d'égalité. On y continuera malgré Montade, comme on a continué malgré Figaro, à naître, à vivre, à mourir étiqueté selon sa provenance. Montade ne dira jamais plus joliment que Figaro des choses désobligeantes au prince d'Aurec. Ces choses sont dites; que sert de les redire? C'est là gibier d'arrière-saison. Pourquoi vous attarder à ces rengaines déplumées?

Ne serait-il pas moins banal de nous peindre l'intime et poignante souffrance de certaines âmes trop tard venues qui attendent qu'on leur donne enfin l'essor? Il est dur de n'être en son pays qu'un misérable accessoire parce qu'on se refuse à déserter des traditions qui, elles aussi, comme le sol de la patrie, sont faites de la cendre des morts.

Quoi qu'on prétende, il y a des lois de survivance. J'en atteste le prodigieux succès de cette pièce qu'acclamaient naguère Paris et la province parce qu'elle réveillait tout ce que notre vieille veine française charrie encore de galanterie, de vaillance, de belle humeur sommeillantes.

Il semble que vous ne teniez pas en suffisante estime cette solidarité qui unit l'avenir au passé lorsque vous donnez, dans vos *Deux Noblesses*, l'argent pour idéal à ceux que vous prétendez rajeunir. La foule ne se presse-t-elle pas assez compacte, sans eux, autour des guichets suspects? Et quant à l'industrie politique, ou à la politique industrielle, où serait, je vous le demande, l'avantage, pour le prince d'Aurec d'allonger la liste des non-lieu?

Et remarquez, Monsieur, qu'en parlant ainsi, je suis loin d'être aussi pessimiste que vous. A vous en croire, la France finirait bientôt faute de Français.

La jeunesse ne serait plus, chez nous, qu'un ramassis de gamins déjà dégénérés supérieurs, individualistes, dogmatiques, inquiets, ennuyés, mépriseurs de femmes.

« J'en ai soupé », dit l'un. Je vous emprunte ces

jolies formules. « Acceptons de bonne grâce d'être crapules », ajoute l'autre. « Je suis sec comme un copeau et glouton à froid », réplique le troisième. « Que m'importe, conclut le quatrième, d'être né sous un chou français, suisse ou mexicain? »

Névrosée, décadente, la Parisienne serait devenue « cette gentille marionnette de la vie » que vous disiez tout à l'heure, « mignonne inutilité aux sentiments teints comme ses cheveux et maquillés comme son visage ».

Il n'émergerait, enfin, que quelques princesses à la merci d'un chèque, « un duc brillant homme d'État, un vicomte somptueux penseur », du troupeau d'imbéciles titrés que vous faites défiler devant l'étranger qu'est le baron de Horn. A qui la faute, s'il en était ainsi?

Un voyageur, revenant d'Angleterre, racontait qu'il avait visité la fameuse usine de Widenesse où l'on fait de l'alcali. Les vapeurs qui s'en échappent empoisonnent, disait-il, bien loin à la ronde tout ce qui ne demanderait qu'à vivre. On ne voit plus un brin d'herbe; les arbres sont sans feuilles; ouvriers et ouvrières, qui vous croisent, ressemblent à des morts.

« Mais qu'est-ce donc que vous fabriquez ici? demanda le voyageur.

— Des squelettes, Monsieur », répondit le guide.

Fabrique-t-il autre chose que des squelettes, lui aussi, ce rire qui passe chargé de doute, de désillusion, de raillerie, de luxure, sur nos traditions, sur nos mœurs, sur nos croyances, sur notre patriotisme, sur nos derniers enthousiasmes? Rien ne reverdit où il a soufflé, tout se dessèche, tout meurt, jusqu'au courage, jusqu'à l'orgueil du bien.

L'un des maîtres de ce rire, disait que la morale était un phare à feux tournants. Dans le même ordre d'idées, un autre affirmait naguère que les vertus théologales et les péchés capitaux pouvaient donner les mêmes effets d'optique, qu'il n'y avait là qu'une question d'éclairage.

Dieu me garde, Monsieur, de vous prêter un aussi transcendantal éclectisme. Mais, enfin, permettez cette question qui intéresse chacun ici : riez-vous par dédain, par incroyance, ou par charité? Êtes-vous un dilettante qui se promène simplement sur le boulevard pour le plaisir d'y cravacher les masques qui passent, ou bien êtes-vous, comme d'aucuns le prétendent, un apôtre en mission chez les Gentils?

Vous aviez un mot charmant à propos de la collaboration de Meilhac et d'Halévy. « Tout les séparait, disiez-vous, par conséquent tout devait les rapprocher. Français et Parisiens tous deux, — je continue à vous citer, — ils devenaient en plus Siamois. »

C'est bien cela! Je m'approprie votre jolie pensée et votre jolie phrase. Chez vous, Monsieur, le dilettante et l'apôtre, Français et Parisiens tous deux, sont devenus, eux aussi, Siamois. Plus heureux que vous tout à l'heure, je n'ai pas à enquêter bien loin pour percer le mystère de leur collaboration. A « cette étincelante dualité », — c'est là encore une de vos expressions, — je ne veux trouver qu'un seul cœur; cœur de bon apôtre peut-être, mais d'apôtre quand même, caché sous l'orchidée de votre boutonnière. Je sais bien que vous rompez à vos ouailles un pain de singulière fantaisie, que vous les poussez dans une voie qui, à première vue, ne ressemble guère au chemin de Damas ; mais encore n'est-il pas trop malaisé de découvrir le sens caché de vos paraboles les plus outrées. On y démêle le respect de ce que vous persiflez, l'amour de ce que vous ridiculisez, l'espoir, enfin, de voir renaître ce que vous déclarez à jamais fini. On sent que par delà ces frontières « molles et flottantes » que votre spirituel paradoxe assignait tout à l'heure à l'esprit français vous connaissez des êtres dont la psychologie vous intéresse ; des êtres qui aiment, souffrent, se débattent sous l'étreinte de passions nobles ou atroces, mais sincères. Leurs âmes n'habitent ni des corps de fantoches ni des corps de poupées. Cette humanité est faite de chair et de sang ; elle n'a rien de factice ni de spécial. C'est dans cette humanité-là que Shakespeare et Molière ont taillé leurs chefs-d'œuvre.

Donnez-nous donc un peu de vie humaine, au lieu de nous fabriquer tant de vie parisienne. Quand on a le cœur et l'esprit que nul ne vous marchande, il est autre chose à dire de la vie que les amusements de quelques petits vicieux ou que les amours rancies de quelques vieillards à l'âme pourrie.

Faut-il vous rappeler le triomphe de *Catherine* quand elle nous est arrivée en surprise?

Je ne sache pas que le public ait jamais plus cordialement applaudi au retour de l'enfant prodigue ; et quelle joie c'eût été pour votre bon maître M. de Montyon, — car il doit vous en souvenir, vous lui avez dédié votre premier livre avec votre carte cornée sur sa belle couverture jaune, — quelle joie c'eût été pour le digne homme que de couronner Mantel l'amoureux éconduit de Catherine !

Ah! Mantel est héroïque! C'est un personnage de Corneille. Il refoule sa flamme par passion de la piétiner. Telle est la noblesse avec laquelle Mantel coupe court lui-même à ses plus chères espérances, qu'on peut se demander s'il n'a pas quelque secret désir de se débarrasser de Catherine. Mais le public ravi ne se l'est pas demandé. Il n'a vu que de beaux sentiments. N'en fût-il plus au monde qu'il en voudrait encore.

Et c'est ainsi, Monsieur, que, tantôt vous louant, tantôt ne vous louant pas, j'arrive au bout de ce discours. Ma franchise a au moins cette excuse, que votre immortalité vous eût fait trop attendre la vérité que l'on ne doit qu'aux morts! Mais encore ne serait-ce pas toute la vérité si je ne relevais, dans votre œuvre, un trait curieux et qui lui est propre. Vous avez comme l'instinct de l'avenir. Vous posez hardiment les questions que nul encore n'a pressenties. Le baron de Horn était un précurseur dans le *Prince d'Aurec*. L'anarchiste Moret en était un, hélas! lui aussi, dans les *Deux Noblesses*.

... Si ce n'était cet esprit prophétique, qui vous distingue de votre prédécesseur, vous ne feriez que continuer parmi nous sa charmante et très spirituelle tradition. Jamais, non, jamais, la belle humeur de Meilhac ne s'est avisée de prévoir. Elle avait, paraît-il, d'autres soucis, et plus gais, que la question sociale. Vous nous le dites. Je veux le croire. Le trait me semble cependant trop appuyé quand vous nous donnez un décalque de votre *Vieux Marcheur* pour le portrait de Meilhac. Certes, la prétention serait excessive de vouloir béatifier le père de Gotte ou de Frou-Frou. Mais il existe à mi-côte, entre les régions séraphiques qu'habite le chœur des vierges et ce paradis terrestre où trottinent ces « petites femmes » dont les « chères faiblesses » vous arrachaient un soupir tout à l'heure, il existe une sorte d'oasis ignorée de Labosse comme de Giroux-Godard et que Meilhac avait su découvrir.

Je me suis laissé raconter ce trait charmant, que, follement épris d'une danseuse, il ne voulut jamais lui parler, et que, pendant bien des années, le buste de cette femme fut la joie de ses yeux et de son cœur. Ne vous en déplaise, Monsieur, un vieux marcheur eût vendu le buste pour acheter le modèle...

Non, le poète sommeillait peut-être, mais n'était pas mort, chez ce blasé que vous venez de nous peindre d'une façon trop gaiement sévère. Quelques touches d'idéal n'auraient fait, croyez-moi, qu'ajouter à sa ressemblance.

Et puis, comment n'avez-vous pas souligné davantage cette pondération dans l'outrance, si je puis ainsi dire, qui donnait parfois à la fantaisie de Meilhac la prestigieuse allure d'une paire d'ailes papillonnant au bout d'un fil à plomb? Il y avait pourtant dans ce singulier amalgame de folie et de mathématique un phénomène de rétroactivité qui aurait dû vous frapper. Vous auriez pu y reconnaître cette indélébile empreinte qu'une première éducation — vos admirateurs le savent bien — laisse toujours sur le talent en train d'éclore. Meilhac avait essayé d'entrer à l'École polytechnique, et l'un de nos plus illustres confrères ici pourrait vous dire les très bonnes raisons qu'il eut alors de lui en fermer les portes. Réduit ainsi —

heureusement — à lâcher l'ombre pour la proie, Meilhac n'en garda pas moins quelque chose d'algébrique dans sa façon de poser, de suivre, de résoudre ses invraisemblables problèmes psychologiques.

On a donné de ses légendaires distractions toutes les raisons imaginables, sauf celle qui, peut-être, eût suffi à les expliquer. Il vivait partout et toujours hypnotisé par quelque inconnue à dégager. De là, quand on l'arrachait à son équation, ces sursauts qui dans la rue, au théâtre, dans le monde, le faisaient ressembler, lui le Parisien raffiné, au plus ahuri des provinciaux. De là, encore peut-être cette amusante misanthropie qu'il clamait si désespérément par la bouche de Cottentin dans *Ma Camarade* : « Je sais bien que c'est bête d'être bête comme ça, mais qu'est-ce que ça me fait d'être bête, puisque je suis seul ! »

Sensible comme un baromètre, la moindre variation dans l'atmosphère accoutumée lui devenait un tourment. Sa pensée, son talent avaient besoin de solitude ; car, explique qui pourra le phénomène, Meilhac ne percevait nettement les choses que lorsqu'elles avaient filtré à travers son humour comme à travers la lentille d'une chambre noire. L'image se présentait alors renversée et devenue par le fait irrésistiblement comique, sans qu'elle eût rien perdu de son réalisme, ni de ses proportions parfaites.

Comme ses plus subtiles observations ne faisaient ainsi, chez notre aimable confrère, que le réfléchir lui-même, il était naturel qu'elles demeurassent imprégnées de sa native indulgence. S'il montrait les dents, c'est parce qu'il riait. Quel parfait détachement dans sa raillerie. Ses plus sévères mercuriales s'achevaient d'ordinaire, vous le savez, par un embaumement. Et cela pourquoi? Parce qu'il lui était parfaitement indifférent que le trait portât, pourvu qu'il s'en fût amusé.

Et pourtant ce sceptique croyait à quelque chose avec toute la ferveur, toute la foi du charbonnier. L'indifférent se passionnait, le moqueur s'enthousiasmait dès qu'il s'agissait de la France; et je m'étonne, Monsieur, — car le trait vous est commun avec votre prédécesseur — que vous n'en ayez pas ennobli sa souriante figure d'Épicurien.

Il est vrai que Meilhac avait la timidité, ou plutôt la pudeur de ses très intimes sentiments. L'ironiste craignait l'ironie; ce qui ne l'empêchait pas, l'heure venue, de tirer bravement de sa poche la cocarde qu'il ne mettait pas à son chapeau.

Un jour, harcelé, comme nous le sommes tous, par ce premier venu qui vous demande quelle est la meilleure des républiques, ou quelle est la femme que vous aimez le mieux, Meilhac mis en demeure de nommer l'homme de ses préférences, répondit : « Le général qui nous rendra l'Alsace et la Lorraine! » ; on crut à une boutade... c'était une explosion!

Mais la fumée n'en était pas dissipée que déjà le cocardier, — je mets le mot, Monsieur, sous votre patronage, — que déjà le cocardier s'en était retourné, tant il avait horreur du bruit, à son art léger et à ses douces habitudes toutes fourrées — dirais-je d'égoïsme? Non, égotisme bienfaisant, spirituel, et qui, s'il était sans gêne, était aussi sans rancune... Car Meilhac est mort convaincu, vous reconnaîtrez là une dernière et touchante collaboration d'Halévy, — Meilhac est mort convaincu qu'il n'avait jamais eu de collaborateurs...

Je voudrais, moi aussi, Monsieur, collaborer à vos dernières joies. Excusez cette trop hâtive préoccupation; mais quand on vieillit et qu'on ne peut plus guère donner autre chose, on se fait donneur de bons conseils. Le mien, d'ailleurs, sera pour vous plaire. Tâchez, Monsieur, tâchez, à tout hasard, de vivre longuement, et alors qui sait si, dans quelque cinquante ans, on ne dira pas de vous, — car l'esprit a aussi sa beauté du diable, — qui sait si on ne dira pas de vous comme d'un autre moraliste... La Rochefoucauld : « Les sonnets de sa jeunesse lui sont revenus en maximes. »

Paris. — Typ. Firmin-Didot et Cie, impr. de l'Institut, 56, rue Jacob. — 38158

www.ingramcontent.com/pod-product-compliance
Lightning Source LLC
LaVergne TN
LVHW012000160826
845678LV00002B/649